狂った庭

大西昭彦

contents

I

Ⅱ

装幀　汐見大介
絵　大西昭彦

I

感覚の発見

象は祖先の骨を牙にのせて、長い旅をする。その匂いをたえず感じながら、記憶の奥深くにしみこませて、歩み続ける。ところがあるとき、その骨をぽいっと無造作にすて去ってしまう。観察者はいう。あれは道標《みちしるべ》なのだと。いつかふたたびその匂いに遭遇したとき、彼らは水辺が近いことを知る。

サハラ砂漠にある小さな集落に、しばらく滞在したことがある。話し相手もなく、灼熱と静寂のなかで感覚だけが異様に精度をましていることを自覚した。ぼくは砂の流れる音を聞き、夜の闇のなかで方位を感知できるようになった。砂漠の民トゥアレグは、砂の味でみずからの居場所を知るという。そんな能力が人間にはあるらしい。だとすれば、あたえられているものをあまねく感知することは不可能だとしても、言葉ばかりに頼らなくてすむ。

ニューヨークの雨

ニューヨークで十日間借りた部屋は
高層ビルの十八階にあった
簡素で空虚な部屋だった
窓辺に立つとビルが見える
壁にはエメンタールチーズの穴みたいに
ぼこぼこ無数の窓がうがたれている

雨のニューヨーク
なにもすることのない真昼の部屋
ぼくは空虚な穴を見ている
機銃掃射をうけた戦場の廃墟みたいだ

てのひらでテレスコープをつくって
スナイパーにでもなったように
都市の風景を物色してみる
緊張しながら　あじけなく　傷ついた心で

背の低いビルの屋上に
みすぼらしいペントハウスを見つけた
そこから上半身裸の男があらわれた
雨よけなのか麦藁帽子をかぶっていて
屋上にならべた植栽の世話をはじめる
摩天楼の山小屋に棲む杣人《そまびと》のように

たしかその夜のことだった
ピアニストのホームパーティーに
呼んでもらったのは
ぼくはソーホーの画廊に居候している

若い知りあいからジャケットと靴を貸りて
イーストヴィレッジの超高層ビルへいった
とても美しい腐ったチーズみたいな夜だった

バスキアの饒舌《じょうぜつ》と沈黙

SAMO©とタギングされたグラフィティが
ロウアー・マンハッタンで目につきだしたのは
一九七七年ごろのことだった
独特の吸引力と強烈なメッセージを発していたが
一年がすぎてもだれが描いたのかわからなかった
あるときフランス系のちょっと気どった名前をもった
若い黒人青年がふっとメディアにあらわれた
ジャン＝ミシェル・バスキア
彼が絵に目覚めたのは美術好きだった母の影響だった
頭蓋骨《ずがいこつ》への執着は父の信仰するブードゥー教のせいか
石膏デッサンはやめてスプレー缶を手にストリートへ

五年ごとにドイツのカッセルで開かれる
「ドクメンタ」は大規模な国際展で
現代美術のオリンピックとも評される
バスキアは二十一歳にして
この展覧会への階段を駆けあがった
落書き野郎に富と名声が転がりこんできた
高級レストランで最高の食事をし
アルマーニのスーツを身にまとったまま
絵具がついてもいっこうに気にせず絵を描いた
ドラッグに耽《ふけ》り
真夜中のニューヨークをリムジンで疾走

日本がバブル景気にわくすこしまえ
バスキアのことを美術雑誌で知った
まもなく本人がヘロインのオーバードーズで死んだ

という知らせを読んだ　二十七歳
夭折という伝説をつくるにはもってこいの年齢だ
なにしろ生まれてからちょうど一万日くらい
天才を世に見せつけるには充分な時間だろう
キース・ヘリングやアンディ・ウォーホルも面食らった
資本主義のさびしい乱痴気騒ぎのなかで
狂気じみた絵が　冷たく輝く星のように思えた
泥沼を楽園と思いこんでいた時代だった

バスキアの実物を見ようと思っていた
一九九二年から翌年にかけて
ホイットニー美術館が回顧展を開いた
九三年にはニューヨークにでかけたが
時期があわずこの展覧会を見ることはできなかった
ぎりぎり間にあわなかったのだ
それからずいぶん時間が流れた

金沢を訪れたとき　21世紀美術館でたまたま
ホイットニー美術館コレクション展が開かれていた
十一月の陽光まぶしい朝に
ホテルから歩いてでかけてみると
最後の展示室にバスキアの大きな絵があった
幼児画のような人物　広告看板のような文字
絵は　狂気じみた熱情をはらみながら
どこかさびしげな背景色に浸された一篇の詩だった
そこにはランボーがいてニジンスキーがいる
煩雑で猥雑で暑苦しくときに暴力的だが
沈黙の声があったのだ

SAMOはそもそも友人アル・ディアスとのデュオで
路上をキャンバスにブルジョアを嘲笑っていたはずが
バスキア本人がそのブルジョアになってしまった

SAMOとはsame old shitの略だという
いつもと同じさ　ってことか
最後にそういって死ねるといいな
象みたいに遠くまで歩いていったあとならなおいい

香港の部屋

正午過ぎ　香港に着く
殴りつけるような雨だ
バスで尖沙咀《チムサーチョイ》までいき
安宿がひしめきあう重慶大厦《チョンキンマンション》で
中国系インド系アラブ系の
男たちにまじって狭いエレベーターに
ぎゅうぎゅうづめにされて十四階で降りる
わずかなスペースの踊り場で
薄汚れたランニングシャツ姿の男が
飯を食っていた　どうやら宿の主人らしい
部屋は空いているかときくと

ああ　一泊九〇香港ドルだという

狭い裏路地のような室内を案内され
ここだ　とある部屋に通される
ベッドわきをようやく
人ひとりが通れるほどの広さだ
天井付近の角には小さな棚があって
そこに小型テレビが置かれていた
ベッドに寝転びながらしか
見ることはできない
天井の扇風機が
がらがら音をたてて回っている
窓には鉄柵もなにもなくて
はるか下に彌敦道《ネイザンロード》が見えた

香港の音が

壁をつたってはいあがってくる
バスが走り　人々がうごめき
漢字の看板がひしめく
ノックの音がした
部屋のドアをあけると
下着姿に近い女が立っている
なにか用なのか　とたずねてみた
女は黙ってぼくを見ている
雨が降り続いていた　暗い空から
亜熱帯のぬるい雨が降る
ぼくは渦にのまれた一匹の魚だった

踊る人

ひどい雨だったという記憶はいくつかあるけれど、
なかでも印象的なのはメキシコの夜だ。
フリーダ・カーロを演じた大女優の家に、
中南米公演の途中だった前衛舞踏家が招かれたとき、
ぼくは対話の記録者として一行にまぎれこんだ。
車が都心を抜けたあたりから雨が降りはじめ、
郊外の家に到着して、ふたりの対話がはじまったころには、
激しい雷をともなう豪雨になっていた。
対話はふたりの記憶の深みにまで及んだ。
やがて突然の停電に襲われ、部屋が真っ暗になった。
自身の手さえ見えないほどの闇だ。女優は、

すこしお待ちくださいという言葉を残して席を離れ、
しばらくして蝋燭《ろうそく》を手に姿をあらわした。
テーブルにそれを置くと、女優は灯りのなかにすっと立ち、
ふいにからだをくねらせた。
彼女は踊りを披露してくれたのだ。
停電のせいで沈んでしまった空気を感じ、見知らぬ異邦人を
楽しませようとしたのだろう。あるいは記憶を遡《さかのぼ》るうちに、
なにかが彼女をとらえたのかもしれない。
フラメンコを揶揄《やゆ》したメキシコの踊りだと話す女優の顔には、
やや苦悩したような表情があった。妖艶だった。
踊りにはすべからく魂が宿っている。
メキシコにはペヨーテという在来種のサボテンがあって、
嚥下《えんげ》すれば幻覚作用を引き起こす。麻薬の一種だ。
女優はそれを〝神の命〟だと話した。
私たちは幻とともにあると。
雨はなかなかやまなかった。

ホテルにもどったのは、夜も更けたころだ。
人けのない薄暗いロビーで、フロントの男にビールを頼んだ。
小ぶりの瓶を手わたされ、ぼくはソファに腰をおろした。
瓶に口をつけて飲むビールはぬるくて、ひどく苦かった。
ふと見ると、若い舞踏手がかたわらに立っている。
ようやく雨はやんで、外は物音ひとつしなかった。
ぼくたちは幽霊の話をした。彼はしばらくそこにいたが、
いつの間にか姿を消していた。
ぼくはいつの間にか眠ってしまったらしい。

戦場の白い雨

通り雨　という言い方を最近聞かなくなりましたね
と事務所でＦ氏がいう　見ると　電話で話している
夕刻だ　空が暗くなって　大粒の雨が降りはじめた
気象庁のウェブサイトに　雨量と雨雲の動きを示す
画像がリアルタイムで映される　豪雨が迫っていた

都市の風景に白い半透明の覆いをかけるようにして
にわかに雨足が強まる　稲妻のあとの耳を裂く雷鳴
電源が不安定になりマシンをおとす　画面がすうっ
と暗くなる　舗道では雨が　白い飛沫をあげていた

こんな雨をかつては白雨と呼んだ　山深い木曽地方
では　白い雨が降ると蛇抜けが起こる　などという
蛇抜けとは山崩れや土石流のことだ　五〇メートル
ほど離れたビルはもう雨に煙っている　高層ビルの
最上階だけが　廃墟のように浮き立っている　雨に
もやった風景は戦地の硝煙を思わせた　そういえば

あのとき　列車の窓ごしに見たじゃないか　あれは
バルカン半島のザグレブの駅だった　深夜二時ごろ
曳光弾の赤い光跡が闇を照らしていた　硝煙が立ち
こめる　列車は止まったままだ　長い時間　だれも
しゃべらない　闇のなかでじっと息を凝らしていた

その翌日のこと　やはり夕刻だ　リュブリャナ駅の
近く　人けのないカフェから白い雨を見た　熱帯の
スコールさえ思わせる激しい雨が地を打ち　風景を

おおいつくした　それから程なく　その国で凄惨な
蛇抜けが起きた　雨はそれから何年も　降り続いた

マスカレード

マスカレードの仮面なのか。
金細工をほどこしたそれが板壁にかけられていた。
ヴェネツィアの夜だ。
迷路のように入り組んだ運河に誘われて
あてもなく街をさまよっていると
まるで亡霊のうしろ姿でも追いかけている気分が
あやしくしみてくる。
もしかすると街そのものが美しい亡骸《なきがら》だったのか。
翌朝早くに列車に乗りこむと国境の町まで進んだ。
いまはもうその名を失った国が

そのときは目の前にあったのだけれど
乗り継ぎの列車はやってこなかった。
列車はくるのかと駅員にたずねてみたが
わからないと首をふった。
あたりは真昼の暑さにぽってりとつつまれている。
人影のまばらな夏の駅で赤いカンパリを飲んだ。
午後の太陽がゆっくりと弧を描きやがて夕暮れの
長い影が町をおおったころにようやく列車がきた。

列車は国境をこえて夜を走り続けた。
どこへ向かっているのかもわからなかった。
やがて真夜中の駅に着いた。しんとしている。
闇で息をつめる動物のように列車は動かない。
がらんとした車輛には
ほかに男の乗客がひとりいるだけだ。
日付が変わったころ

真っ暗な空にいくつもの赤い光跡を見た。
美しかった。けれどもその光は
もちろん花火ではなく夜間攻撃用の曳光弾だった。

夜はいつまでも明けなかった。
橙色の光に浮かぶプラットフォームを
ときおり兵士たちが隊列を組んで歩いていった。
軍靴のたてる鈍い足音がする。
銃を肩にかつぎ鉄兜をかぶった顔はみな無表情だ。
幻のようだった。でもそうではない。
あるいはこれもあれもマスカレードでぼくたちは
亡霊のうしろ姿をただ追い続けているのだろうか。

ゆらめく緑

ゆらゆらと緑が揺らめいていた。バルカン半島の大地は
あたり一面が緑の炎のようだった。あれはなんだったのか。
そうか、麦かもしれない。やや雲のかかった昼さがりだ。
土埃を舞いあがらせながら、田舎道を
一台の軍用トラックが走ってくる。ぼくは男と歩いていた。

駅の近くに一軒だけある小屋が簡易なカフェで、そこに
男はいた。うちにこないか、と男は見知らぬ異邦人を
招待してくれた。十五分ばかり歩いて男の家までいった。
庭に鶏のいる農家で、四十代なかばほどのその男は、
老いた母親とふたりで暮らしていた。

母親は突然家にやってきた異邦人を見て驚いたようだが、
パンとフランクフルトと生玉葱《たまねぎ》の昼食を用意してくれた。
ぼくたちは薄暗いキッチンのテーブルで昼食をとった。
男の話す言葉はまったく理解できなかった。
老いた母親は黙ってパンをかじっていた。
一時間ほど滞在したあと、ぼくはその家をあとにした。
送っていくよ、と男は身ぶりをまじえていった。

軍用トラックが近づいてくる。白い土埃が間近に迫った。
そのとき、銃声が響いた。それを合図に
鼓膜が破れんばかりの機銃掃射にさらされた。
ぼくはわけもわからず地べたにひれふし、
ゆらゆらと揺れる緑のなかに転げこんだ。
炎のように熱かった。
からだがガシガシに乾いた雑巾のように強張っていた。
揺れる緑のむこうに、白目をむいた男の顔があった。

どろんとした重そうな血が地面に広がっていくのが見えた。
男は動かなかった。すべてが終わったあと、
ぼくは自分のシャツを見た。真っ赤な血がついていて、
右の太腿に傷みがあった。そうか撃たれたんだ。
そう思っただけで、あとはなにも感じなかった。
頭のなかが、妙にしんとしていた。

幻の光

セーヌ河畔にあるチュイルリー公園には
移動遊園地があって夜遅くにぼくたちは
そこまで歩いてくると　あれに乗ろうよ
とふいに指差された先に　蝋燭《ろうそく》のような
灯りをつつましげに放つ観覧車があった
夜の空を吊りあげられていくと七月なの
にずいぶん肌寒く　あそこ　とまた指差
された先に小高い丘があって　やっぱり
蝋燭のような灯りがつつましげに揺れて
いた　その丘のふもとの路地の奥にある
傾いた屋根裏部屋がぼくのねぐらなのだ

甲高く透き通った風の音がする　それは
森に響く牡鹿の鳴き声のようでもあった
幻の光はそこにあるのに　手は届かない
夏が終わりぼくたちは名前をとりもどし
そのときにはもう移動遊園地の姿はない

薄紅色の花

錆びて鉄屑のようになったルノーが
通りの片隅で雨に打たれている　色を失い
まるで白亜紀の終わりの凍える恐竜のようだ
年老いた男の焼くクレープの甘い匂いは
暴力的な欲望にも似て　それを嗅ぎつけたのか
ひたひたと忍び寄ってくるものがある

イアリングをカチャカチャさせながら
香水の匂いをふりまく彼女たちの
その目はガラス球をはめこんだだけの飾り物で
なにも見えていないかそれとも

虚空を見る猫のそれだ
彼女たちのわずかに開かれた唇を
きょうも雨が濡らしていく
その足もとにはほら　なんともいえない
薄紅色の花が咲いていているじゃないか

ぼくはテーブルのうえに頬杖をついて
ぼんやりと窓の外を眺めている
古びたカフェの椅子はそんなときにも
ぎしぎしと骨の軋むような音をたてた
彼女たちの低いささやきが聞こえてくる
ガムを噛みながらぼそぼそと話す
そのフランス語はひどく聞きとりにくくて
ぼくにはうまく理解できない
ただそれは古いシャンソンのようにたえず
ぼくの鼓膜を震わせる

アンヌがカフェにはいってきて
ぼくのテーブルにつく
なにを見てるの
とその唇からけだるい声がこぼれる　あるいは
なにを飲んでるの　とたずねたのかもしれない
ぼくにはわからない
どこからか一匹の蝿がやってきて
ぶんぶん羽をうならせながら
テーブルのうえを飛びはじめる
ぼくたちの国では　雨期の蝿と書いて
うるさいと読むんだ
アンヌはすこし口もとを緩めてこたえた
これはスペインの蝿よ
スペインの蝿　それは媚薬の名前だ
アンヌの目はとても渇いている　なのに

その唇だけが別の生き物のように生々しい

薄紅色の花はいつしか
薄汚れたカフェの床にも
剥げかけたその壁にも
ぎっしりとはびこっている
甘い暴力の匂いを栄養にしているのか
テーブルのフランス・ソワール紙が
ボスニアでまた人が死んだと告げている

白い船を降りたときのこと

北アフリカの港町から船に乗って
マルセイユに着くと雨だった
出稼ぎのアルジェリア人たちの
長い列にまじって入国審査をうけた
汚れた窓ガラスごしに
一夜を過ごした船が見えた
大きな白い船だったけれど
雨のなかで灰色にかすんでいる
遠い国から連れてこられた
悲しい象のようだった

想像という言葉の語源は
見たことのない象を
想い描くことにあるという

船をおりて歩きはじめると
雨足が強くなった
古いカフェの入り口で
黒猫が一匹
瞳孔を細めて通りを見ている
まるで死の国の番人のようだ
悲しい象はいたるところにいた
遠い国から
この雨のマルセイユにやってくる

ドビュッシーの庭

マルセイユの安ホテルの窓から
小さな裏庭が見えた
手入れがされないまま植物が繁茂し
雨に打たれていた
庭のむこうにある建物の二階
フランス窓が開いている
部屋の薄暗がりのなかにベッドがあって
女の白い乳房が見えていた
やがて裸の男があらわれ
窓辺に歩み寄って　庭に目をやる
若い男で　体毛が薄く

縮れた栗色の頭髪と陰毛をもっていた
その下に死んだ蛇のように垂れた白い陰茎があった

ピアノ曲集「版画」の第三曲「雨の庭」
この曲を聴くと
あの裏庭の雨が浮かびあがってくる
ドビュッシーは一九〇三年にこの曲を完成させた
その年　レジオン・ドヌール五等勲章を受章
翌年　最初の妻リリーが自殺未遂を起こした
鍵盤を連打するような
あの庭が　ぼくのなかにも棲んでいて
静かに狂って
夏の雨に打たれている

水上飛行機

あのころは青春の暮れ方だった
という思いにつかまれる
記憶のなかでは不思議と
冷たい冬の夜ばかりだ
酒場を求めてさまよったあの坂道が
どこかにつながっているとは
どうしても思えなかった

沈下する魚のように気温がさがり
みぞれが頬を打った
ふたりで店にはいり

カウンターのまえで冷えたからだを
アイリッシュ・コーヒーで温める
ウイスキーをベースに
温かいコーヒー　砂糖　生クリームをまぜ
これを分厚いグラスにいれて飲む
そのころはいつも寄り添っていたのに
目を閉じるとなぜか
色を失った冷たい海が見えた

アイリッシュ・コーヒーが生まれたのは
一九四二年のことだった
アイルランド島南西部の港町フォインズに
飛行艇用の水上空港があった
英米間を結ぶ大西洋横断航空路の中継点だ
当時の飛行機は密閉性が低く
上空では凍えるような寒さ　そのため

給油のために寄港したこの港町で
乗客を温めようと　これが考案された

アイルランドのことわざはいう
長い一日もいつか終わりは来ると
はかなく寂しいものほど美しい
雪が舞う
もうあのアイリッシュ・コーヒーの店はない
奪いあいではなく譲りあう温もりを
もとめていたはずなのに　いつしか
コーヒーは冷めてしまった
ぼくのなかの冬空を
水上飛行機が飛び去ってゆく

静夜の死

ベランダの多肉植物が
一夜にして枯れてしまった
霜の降りたひどく寒い夜だった
萌黄色のぷっくりとした葉は
水を溜めたまま白化していた
水死した赤ん坊の手でも見るようだった

学名　エケベリア・デレンベルギー
通称　静夜
この美しい名をもつ多肉植物は
メキシコの砂漠を原産地とする

巨大サボテンの生えたあの国の荒野を
おんぼろバスで旅したのはいつだったかな
昼は暑さにうだり　夜は窓からの冷気に凍えた
ある夜　故障したバスから降り立つと
砂漠のなかのモーテルのまえで
見あげた空に無数の星たちが輝いていた

あの静かな夜が死んでしまった

春と死

濡れながら　三月の雨のなかを
自転車が走る　色あせた
町工場の壁を　背景にして

灰色の雨をさけ　ものかげで
背を丸めている猫　ぼくはひとり
人けのない駅のホームに　立っている

冷たい春の　殺伐とした港に船が揺れる
うずくまって眠る　傷ついた獣のよう
作業服の若い男が　煙草を吸っている

色を失った海　波が高い
海鳥が一羽　旋回している
男に目をもどすと　もうだれもいない

そういえばムンバイのスラムからすぐの距離に
豊かな人々の暮らすコンドミニアムがあって
そのむこうでアラビア海が月に輝いていた

爛々と輝く目に空虚をにじませ
ストリートチルドレンの少女がいった
ただ死ぬのを待って生きているだけ

インドで　雨に濡れた
冷たくはなく　生ぬるかった
泥になって　溶けだしそうな雨

駅のホームで　電線が揺れている
いつのまにか　首もとの涼やかな老女が
すぐそばに立って　電車を待っている

春はなにかを温めて　泥に崩れる
厳しい寒さのつづいた冬を　眺めわたし
しばらくぶりの雨に　死のかたちが浮かぶ

II

アボカドの庭

粉雪が舞う冬の日だった
素朴な家庭料理をだす店があると聞き
マフラーをしてでかけてみるとそこは
住宅街のなかにある
ごくふつうの二階家だった
簡素なリビングに足を踏みいれると
冬の庭が見えた

がらんとして殺風景な景色だ
背もたれのないベンチが
ぽつんと置かれている

奥には灰色のブロック塀があって
その足もとに枯れた落葉低木
冬の花壇に花はない
どこか荒れた感じがある

そのなかでふと目にとまったものがあった
あの木は　と店の女性にたずねてみた
ああ　あれはアボカドの木
種を植えたら生えてきたんです
夏にはすっかり葉が落ちてしまうのに
不思議と　冬のあいだは緑が残っているの
寒い国にきて　どこか狂ってしまったのかしらね

ぼくのなかにも
あのアボカドの木がある
粉雪の舞う冷たい冬の庭に

はぐれた一本の木が
さびしくたたずんでいる
ぼくはたいして腹も減っていないのに
ご飯をおかわりしている

真夏の痩せた鳥たち

真夏の京都　深夜の銀閣寺町を
薄手のワンピースを着た若い女たちが
歌いながら歩いてくる
タガログ語なのか　ぼくにはわからない
みんなよりそい　足もとをふらつかせている

古びたアパートの前の石段にすわっていたぼくは
なにか美しいものにふれた気がして　心打たれた
出稼ぎのフィリピーナたちは
ぼくに気づくと真夜中の太陽のように笑った
それはいつも店でしている笑いなのか

壁にヤモリが張りついている
薄暗い路地を縫うようにして　歌はつづく
生きていくことに
ためらいのない鳥たちの歌のように
それは耳に残った

その翌日だった
太陽の照りつける真夏の昼すぎに
彼女たちのアパートの横を通りかかった
表戸は開かれたままだ
四畳半ほどの狭い部屋に
スリップからこぼれた太腿もあらわに
六人がひしめきあって眠っていた
ひどく暑い一日だった

真夏の痩せた鳥たちよ
オイルペイントされた夏空の重さに
たとえ押しつぶされそうになったとしても
歌はこの空の彼方を　悠々と飛んでいるよ

ジョプリンの流れる店

薄暗い店の奥には無口な女がすわっていて
ジャニス・ジョプリンが流れていた
ささやくような声だが狂騒的な響きをもっていて
summer time というリフレインが神経に刺さる
元町のローズといえば
外人バーとして名が知れていたのだと
舞踏狂いの編集者がいった
荒くれ船員たちはほとんど姿を消してしまっても
その気配だけはまだ潮風みたいに残っていた
それは暴力の気配だ
海に投げすててしまいたくなるような

馬鹿げて　つきあいきれない　それでいて
懐かしい気配だ
きつい酒が喉を焼いた
くらくらするような静かな熱狂

港に近い真夜中の空き地に
赤いカンナが咲き誇っていた

洗濯物と旅人

殺風景な団地のベランダで
白い洗濯物が風に揺れている
二十歳をいくつかすぎたころ
同じ風景を見た
見知らぬ町で働きはじめたころだった
古びたビルの窓際にデスクがあって
そこからは
高層の市営住宅団地が見えた
港に近い場所で
白い洗濯物が潮風に揺れ
ときどき船の汽笛が響いた

遠くに来たのだと思った
生活のしみついた洗濯物がいま
ぼくのなかにも揺れている
なにか奇矯《ききょう》なことをするのではなく
淡々と生活することが人を
旅人にする

茉莉の夏

激しい雨のあとだったから
船のデッキにはだれもいない
時化《しけ》の海は灰色だ
茉莉と口にしてみた　だれもこたえはしない
船が大きく傾いて足がすべった

むずかしい字だなというと
もともとはサンスクリット語よと教えられた
ジャスミンのことだと　もうずいぶん前だな
ある国は国花に定め　ある人は死の
アナロジーだという　甘く冷たい香りの花だ

台風は熱帯低気圧に変わってしまった
せっかちすぎるんじゃないか　あまりに
せっかくなら台風と正面衝突したかったのに
心がすこし乱れていたので　音楽は聴けない
せめて茉莉花茶が飲みたい

茉莉花茶はベースとなる緑茶の葉に
ジャスミンの蕾《つぼみ》をまぜこむ
それが夜になると開花して香りをはなつ

また雨が降りはじめた　しばらく濡れてみる
デッキの水たまりに赤い色が映ってにじんだ
その日　茉莉の葬儀に参列した
長い時間をかけて彼女の生まれ故郷を訪ねた
参列者のすくない　雨の日の葬儀だった

それから数週間たった夏の日の暑い午後
かつてぼくたちが過ごした町を訪ねてみた
あのころぼくが住んでいた古いアパートは
路地裏でますます年老いてゆき
小さな裏庭に夏草を生い茂らせていた

あの庭が消えた
と人はいうかもしれない
でもぼくにはそんなふうには見えない
庭によっておおい隠されていたものが
ようやく暴かれているのだ

八百屋の店先で発情する西瓜《すいか》
葉陰にひそむ蜥蜴《とかげ》のぬめり
夏が　激しく盛っている

昏《くら》い水

町工場のある路地をいくと
大きな無花果《いちじく》の樹があって
そのしたが濃いまだらの影になっている

真昼の空に
太陽がぐらぐらと煮え
気温がぐんぐんとあがる
きょうも熱射病で
人が死ぬ

白昼の路地に

甲子園の高校野球中継が
かすかに聞こえている
ボールを打つ金属音が響き
乾いた歓声がわく

作業場と路地の
明暗差がありすぎて
町工場のなかはよく見えない
すべてが白く消失した路地に
野球中継の音だけが流れている

人の気配がない
人だけが死滅したかのような真昼だ
あちこちに無花果《いちじく》の影が巣食っている
消えてしまった人間の
魂が潜んでいるみたいに

影は昏い水で
ひっそり静まりかえっている

プールと蝉《せみ》

水が暴れている
水とは　制御できないものをさす
プールは　水に形や役割を与え制御する

ところが　プール自体もまた
制御から逃れようとして
奇妙な様相を呈しはじめる

ゴーグルをつけ
水に潜ってみれば
わかる

水の野生と
プールの人工が溶けあって
異様な世界をつくりあげていることが

あわいブルーは水の擬態だ
水底の白いコンクリートには
ぎらぎらと輝く黄金色の蜘蛛《くも》の巣

揺れる水が陽光を激しくゆがませている
つかもうとしても　つかむことはできない
生命と同じだ

プールの水が妖しげに笑っている
晴天の顔をして　夜の輝きを宿している
そこにあるようで　どこにもない

プールは縦50メートル
幅22メートル
古びてはいるが　競技用に造られたものだ

観覧席のむこうでは
背の高い樹々が
夏の葉を茂らせている

青く塗りこめられた天空を
音もなく　じりじりと
光の球が滑ってゆく

観覧席の陰には
小さな鉄格子の扉がある
プールの裏手にでるための扉だ

だれにも気づかれず
それでいて誘うように
それはわずかに開いている

歩み寄って　そっと足を踏みいれる
樹々に囲まれた
薄暗い空間がある

命の途切れかかった蝉が
地面のうえで仰向けになったまま
苦しそうに翅をばたつかせていた

もがき苦しむ蝉は
もうすぐ制御できないものから解き放たれる
この妖しいものから

海辺の別荘地

海に面した丘に
さびれた別荘地がある
建物の多くは傷んで
廃屋になっているものもあった

白い壁に
赤茶けた錆が浮いている建物のそば
曇天の空を映して
プールが暗緑色に沈んでいる

トカゲが一匹

草むらのほうへ逃げていった
潮風がつよい
海はやや時化《しけ》て　白波が立っている

その海につながる細い坂道を
ひとりの老人が杖をついて
ゆっくりとのぼってくる
その形相に　ただならぬものがあった

海辺の集落にある
小さな寿司屋で聞いた話では
かつてこの地に
塵輪鬼《じんりんき》と呼ばれる妖怪がいたという

八つの頭をもつ
巨大な牛の化け物だ

明神が老翁と化して
これを退治したというが

さびれた別荘地とはなにか
それはおそらく
ふたつの世界にまたがる境界の地
ゴーストたちの領域だ

島へ

その島に着いたのは日暮れだった
勤務を終えた工場長の舟に乗って
日没まえの黄金色に輝く海を走り
流し釣りで太刀魚を釣ると
釣果を土産に瀬戸内の小さな島の
海辺にある民宿のまえで
舟をおりたのだ
ここがわしの家じゃけぇ
ゆっくり泊まっていってくれと工場長はいい
工場視察に訪れたぼくたちを
日焼けした顔で迎えてくれた

風呂にはいってさっぱりとし
魚づくしの宴会がはじまったのは
夜の八時くらいだ
それから夜中の一時まで飲み続けて眠った
三時間ほど眠ると工場長に起こされ
白飯と焼き魚の朝飯を胃袋におしこみ
コップ一杯　日本酒の迎え酒
民宿のまえの船着場で
工場長の奥さんが手をふって見送ってくれた
一夜の客を送るには激しすぎる身ぶりで
まだ夜明けまえの海は暗かった
夏だというのにひんやりと肌寒かった
ぼくたちは舟の縁にうずくまるようにして
サビキで黒鯛を狙ったけれどまったく釣れず
それどころか間近に波を見ながら揺られ続け
たちまち船酔いなのか二日酔いなのか

とにかく昨夜から今朝にかけて
胃袋にほうりこんだものをことごとく
朝の海にぶちまけてしまった

あれから十五年がすぎて
あの小さな島を訪れることがあった
民宿を見て　あぁあのときの島か
と気づくまでは
同じ島だということすらまったく知らなかった
連絡船が着いたのはそこからすこし離れた場所で
ぼくは船をおりるとひとり
島の反対側に向かって歩きはじめた
やはり夏の日だった
むせるような草いきれのなか　やがて道は
濃い翳につつまれたいまではほとんど
使われることのないトンネルにさしかかった

そこを抜けると
夏の海に突きだすように設けられた
打ちっぱなしのコンクリートの
釣り小屋にしてはあまりにそっけなく
それどころか異様な雰囲気をもった建物があって
まるで小さな要塞か監獄のようだった
そこはかつて若者たちが
死の練習をした場所だ
片道だけの燃料を積んで
たったひとりで魚雷艇を操り
敵艦に突撃するために
暗い海の底を進んだ場所だ
出撃の日
手をふる人によって見送られたのか
帰ってこない人にむけて激しくふられる手に
若者たちはおそらく敬礼でこたえたのだろう

青々としたこの海に
彼らがぶちまけたものはなんだったのか

刺青

大部屋の病室は仕切りのカーテンさえなく
飯場か兵舎のようで煙草を吸う患者もいた
気がつくとぼくはそこにいた
二十四の春だった
激しい痛みのために救急車で搬送された先は
下町の古ぼけた病院で
検査の結果は急性盲腸炎
散らせませんか　と問うと
もはやその時期ではない　死ぬ気ですか
と銀縁眼鏡の医師はいいはなった
その日のうちに緊急手術

盲腸が破裂しかけていたため
全身麻酔ということになった
ガスを吸うとすぐに昏睡した
なぜか青い空を見たような気もするが

ふたたび目覚めたのは深夜で
激痛が腹部を襲っていた
動くことさえできない
かなりうめいていたはずだが
ほかの患者たちは森の齧歯類《げっしるい》のように
気配を殺して闇に潜んでいた
どれほどの時間がすぎたのか
麻酔が残っているためにわからない
激しい尿意に襲われて
もがくようにベッドをおりたが
よろめいてまともには動けない

ふいに肩をかしてくれる者がいた
無精ひげに白髪まじりの頭
パジャマからのぞく胸は痩せて
肋骨が浮いていた
ただその肩口には
あざやかな刺青

それからもベッドをおりようとするたび
刺青の男がむくりと起きあがり
黙って肩をかしてくれた
礼をいうと
気にするな
と男はぶっきらぼうにこたえた
夜になると男はうつぶせになる
背中の刺青を付き添いの女が踏む
踏みしめる　道なき道をゆくように

そうでもしなければ
男は激痛に耐えられないようだ
男の口からうめき声がもれる
男は日に日に痩せていった
もう肝臓がだめなの　と女がいった
深夜の病室に煙草の匂いがする
まただれかが一服している
窓から差しこむあかりのなかで
天井に白い煙が浮かんでいる
ひどくのどが渇いた

ぼくが窓ごしに空を見たのは
麻酔もさめたある真昼のことだった
ふいに鳥の群れがあらわれ
美しい隊列を組んだまま　硬質な空を
刺青のように彫刻して

どこへともなく飛び去っていった
古代の人々は　青を
この世のものではないと考えた
ぼくたちはだれもがそのからだに
青を刺している
五月の水
窓辺の緑は　冷たし

半島の蛇

半島の先端に小さな漁師町がある。ぼくはある商家のくぐり戸をぬけた。なかはうす暗かった。創業三百五十年の造り酒屋なのです、と商家の娘がいう。天井には燕《つばめ》の古い巣があって、いまはそこに人形が棲んでいるのだと。

人形、ぼくはそうたずねた。はい、小さな人形です。わたしがこどものころは燕がいたのですけれど、蛇が天井の梁をつたってやってくるのです。そうして雛《ひな》を丸呑みするのです。だからいつしか燕もこなくなってしまって。

造り酒屋の裏は海で、桟橋がある。そこに漁師たちが舟をつけて酒を買いにくる。やや甘口の一級酒と、辛口の二級酒。漁師たちの好みはちょうど二分されます、と商家の娘は笑った。ぼくは二級の辛口を買って商家をでた。

夕暮れ時だが、夏の日は長い。海に面した岸壁に座って、舟屋をスケッチした。ある舟屋の座敷に少女がいる。じっとして動かない。人形みたいだ。半島で出会う人は不思議と人形みたいだ。やがてすべてが夕闇に沈んでいく。

宿をもとめて、うす暗い道をたどった。外来者を拒むかのように集落の道は細く、曲がりくねっている。一匹の蛇になって、ぼくはぼくのなかの半島をめぐる。そこにはもう雛はいない。ただ痩せた蛇だけがさまよっている。

津軽と骨

高校のころに習った国語教師は
公立高校を退職したかなり年輩の人だった
東京帝国大学出身　実直な人柄で多くを語らず
授業はひどく眠かったが　あるとき
どうも太宰君はいけない　むかしから
彼の小説を読んでいると　勉強が嫌になります
と話しはじめた　歴史のなかにいる作家は
その小柄な老教師の　大学時代の同級生だった

青森県金木町にある太宰治の生家に泊ったのはそれから
十年ほどたってからだ　和洋折衷の二階建てで　当時は

旅館が営まれていたのだ　夜中に夢を見た　座敷童子が枕もとを走り回っている夢だった　翌日　太宰が「真珠貝に薄く水を張ったような」と描写した十三湖へいった日本海に隣接した汽水湖で　海側の砂浜には廃船が潮風に打たれて朽ちていた　釣りをしている子供たちがいてなにが釣れる　と声をかけてみた　アブラメ　とひとりがこたえ　かっちゃに焼いてもらう　と別の声がいった子供たちはいつしか影法師になって　夢で見た座敷童子のようだ　するとぼくにも座敷童子だったころがあるように思えてきて戯れに　砂浜で真っ白なっている流木の枝を海に投げてみた　古代この地は北方民族のまほろばとして栄えたという　枝はとても軽く空中で砕け散った風化した骨のようだった　ここでは時が渦を巻いている

老記者とメンデルスゾーン

老哲学者の風貌をもつその男は、かつて競輪記者だった。仲間うちでは、といってもそう数がいるわけではないが、男は屈指の知識量と読みの深さで一目置かれていた。あれはいつだったか、たぶん四十歳前後のころだろう。レースを追って北の町に旅した。取材を終えたあとは、見知らぬ町々や温泉を訪ね歩くひとり旅を頭に思い描いていた。その腹積もりでいくらかの金もポケットに突っこんでいた。

北の町の競輪は連日、バンクのバックストレートに追い風が吹いた。駆け引きを読む男の目には、脚力勝負の単調なレースが続いた。夜はレース主催者らが料理を振舞ってくれた。潮の香りの濃い海の幸がならんだ。うまかったが、二日目には藤壺にも亀の手にも食指は動かなかった。仕事のあい間に賭けたレースはことごとくはずれ、四日目にはスカンピン。温泉どころか帰りの旅費さえままならない。

そのときもいまも、男はメンデルスゾーンをよく聴いた。ショルティの指揮するシカゴ交響楽団の演奏が、男のお気にいりだ。北の町で、男は金を借りてなんとか帰りの切符を手にいれた。わずかな残りで安い弁当を買い求め、夜行列車に乗りこんだ男の目に、窓越しの暗い海が映った。海鳴りが聞こえていた。男は頭のなかでメンデルスゾーンを響かせてみた。二十時間かけて帰ってきたと男は話した。

冬の太陽を浴びて

冷たい雨がさっと降ったあとの
尖った冬の太陽を浴びながらぼくは
黒々とした古い二階家が低い軒をならべる
旧街道をたどっていた
ふいに家影から少女があらわれ
ぼくのまえをやや早足で歩いていく
はからずも追いかけるかたちになり
影踏み鬼でもしているように
凍った冬の日ざしに照らされた
雨あがりの道に歩をすすめる
影を踏まれると鬼になるので

少女もまたさらに早足になっていく
闇に同化しないように
鬼になってしまわないように
ぼくもまたなにかに追いかけられながら
この冷たく輝く冬の旧街道を抜けていく

オランダ人の店

私鉄沿線の大学町は冬だ
しかも雪が舞っている
扉を水色に塗ったワッフル屋で
うつむきながらワッフルを焼いているのは
銀縁眼鏡をかけた背の高いオランダ人だ
店のまえの幟《のぼり》だけがなぜか
ばたばたと風にはためいている

子供のころに棲んだ家には
小さな水色の裏木戸があった
風の日にきいきい音をたてていた

鍵がこわれたままだったのか
それとも最初からなかったのか

オランダ人の店でワッフルを買った
糖蜜をぬっただけの小さなのが百五十円
店に客はいない
表の幟だけがはためいている
不穏だ
オランダ人はなにも語らない
銀縁眼鏡の奥の目が水色に整っている

大西　昭彦（おおにし　あきひこ）

1961年兵庫県生まれ。2007年日本海文学大賞（詩部門）大賞受賞、07年・11年詩と思想新人賞入選。詩集「太陽と砂」（名義/佐々林、太陽書房、2009）、祭祀論『夏祭りの戯れ』（東方出版、2018）など。

詩集　狂った庭

二〇一九年九月二〇日初版第一刷発行

著　者　大西昭彦
発行者　松村信人
発行所　澪標《みおつくし》
大阪市中央区内平野町二―三―十一―二〇三
ＴＥＬ　〇六―六九四四―〇八六九
ＦＡＸ　〇六―六九四四―〇六〇〇
振替　〇〇九七〇―三―七二五〇六
印刷製本　亜細亜印刷株式会社